EXPOSITION PUBLIQUE

LE MARDI 23 DÉCEMBRE 1890

CATALOGUE

DE

BEAUX MEUBLES ANCIENS

DES XVI° ET XVIII° SIÈCLES

**Meubles à deux corps. Crédences, Stalle. Bahut
Table, Armoires, Commodes, Glaces
Salon et Chambre Louis XVI**

TROIS MAGNIFIQUES TAPISSERIES DE BRUXELLES

Scènes de l'Histoire de la Reine de Saba

DEUX AUTRES PANNEAUX, D'APRÈS RUBENS

OBJETS DE CURIOSITÉ

ÉMAUX DE LIMOGES

Sculptures sur ivoire. Argenterie. Éventails

FAIENCES ITALIENNES

DES FABRIQUES

De Gubbio, Pesaro. Faenza. Chaffagiolo, Urbino. Castelli
Faïences françaises et hispano-arabe. Porcelaines de Sèvres. Tableaux. Bronzes

Étoffes, Dentelles

DONT LA VENTE AURA LIEU

Par suite de décès et volontaire

HOTEL DROUOT, SALLE N° 8

Le Mercredi 24 Décembre 1890

à deux heures un quart

Par le Ministère de **M⁰ Maurice COUTURIER**, commissaire-priseur

SUCCESSEUR DE M. HENRI COUTURIER

2, rue Chaptal, 2

Assisté de **M. A. BLOCHE**, expert près la Cour d'appel

25, rue de Châteaudun, 25

Chez lesquels on trouve le présent Catalogue

EXPOSITION PUBLIQUE

Le Mardi 23 Décembre 1890, de 1 heure 1/2 à 5 heures 1/2

CONDITIONS DE LA VENTE

Elle sera faite *expressément* au comptant.

Les Acquéreurs payeront CINQ POUR CENT en sus des adjudications, applicables aux frais de la vente.

L'exposition mettant le public à même de se rendre compte de l'état des objets, il ne sera admis aucune réclamation une fois l'adjudication prononcée.

Paris. — Imp. de l'Art, E. MÉNARD et Cⁱᵉ, 41, rue de la Victoire.

Désignation des Objets

ÉMAUX DE LIMOGES

1 — Très beau baiser de paix représentant la sainte
Vierge, saint Jean et saint Joseph aux pieds du
Christ en croix. Peinture en couleurs rehaussée
d'or sur fond bleu étoilé d'or. xvi° siècle. Cadre
en bronze doré de forme architecturale.

.2 — Très jolie plaque ovale représentant l'Annon-
ciation. Peinture en couleurs et rehaussée d'or,
partie translucide, sous paillons, rubis et éme-
raudes. Attribuée à Suzanne de Court. xvi° siècle.

3 — Plaque ovale représentant au centre la Vierge
et l'Enfant Jésus, avec encadrement offrant des
ornements en relief et des médaillons à figures

de sainte Marie, saint Jean-Baptiste, saint Joseph
et sainte Thérèse. Signée au revers *P. Nouailher
Lagné, émailleur, à Limoges.*

4 — Plaque ovale représentant la sainte Vierge en
prière. Peinture en couleurs et rehauts d'or, partie translucide. Signée de monogrammes. xvie
siècle. Cadre en bois doré.

5 — Plaque rectangulaire représentant la Mise au
tombeau. Peinture en couleurs et grisaille
rehaussée d'or ; composition de sept figures. xvie
siècle. Cadre en bois noir.

6 — Bénitier offrant en grisaille la Vierge, l'Enfant
et saint Jean-Baptiste; partie rehaussée d'or. Sur
le bénitier le chiffre du Christ. xvie siècle.

7 — Couvercle de coupe; dessus et à l'intérieur des
médaillons à bustes de personnages, entre
autres Diane de Poitiers, Hercule, Mars, Diane
chasseresse, Jupiter, etc., avec ornements et
mascarons en grisaille, à rehauts d'or, et dans
un cartouche la date 1541.

8 — Plaque ovale représentant *Robam-rex* à che-
val. Peinture en couleur et grisaille rehaussée
d'or. xvie siècle. Cadre en bois doré.

9 — Grande plaque rectangulaire représentant la

Flagellation ; composition de cinq figures. Peinture en couleur et grisaille rehaussée d'or. XVIe siècle.

10 — Grande plaque rectangulaire représentant les Saintes Femmes en prières devant le Christ. (Pieta.) Peinture en couleur et grisaille. XVIe siècle.

IVOIRES

11 — Coffret à reliques ou à bijoux en ivoire, offrant sculpté en bas-relief sur plaquettes des figures allégoriques ; autour du couvercle, des personnages couchés sur des gerbes de feuillage avec fond et moulures, dessin mosaïque d'ivoire et de bois. XVIe siècle.

12 — Très beau diptyque offrant sur chaque volet quatre scènes de la vie du Christ, sculptées en haut-relief sous des arceaux à ogives fleuronnées. Compositions de nombreuses figures. XVIe siècle.

13 — Joli diptyque offrant sur chaque volet des scènes du Nouveau Testament. Compositions de nombreuses figures sous des arceaux fleuronnés rehaussés de vestiges de dorure. XVIe siècle.

14 — Bas-relief rectangulaire représentant l'Ensevelissement. Composition de huit figures sous des

arceaux à ogives fleuronnées rehaussées de vestiges de dorure. xvie siècle. Cadre en bois noir
garni de cuivre ancien.

15 — Bas-relief représentant le Lavement des pieds.
Composition de treize figures. xvie siècle.

16 — Volet de diptyque offrant en bas-relief quatre
scènes du Nouveau Testament. xvie siècle.

17 — Groupe de deux moines assis et lisant la
Bible. xvie siècle.

18 — Peigne d'évêque avec sujet en bas-relief. xvi^e
siècle.

19 — Quatre statuettes équestres : Rois et reines.
xvie siècle.

20 — Trois figurines de guerriers. xvie siècle.

21 — Deux statuettes équestres en bois sculpté. xvi^e
siècle.

FAIENCES ITALIENNES

22 — PESARO. Grand et beau plat rond représentant au centre un apôtre en prière devant un

crucifix, et sur le bord des ornements, des bandes et des écailles de poisson ; décor à reflets métalliques en jaune d'or, bleu et blanc. xvie siècle.

23 — PESARO. Grand et beau plat rond offrant au centre un buste d'empereur romain et une banderole avec inscription ; au bord, un semis d'écailles de poisson ; décor à reflets métalliques en jaune d'or, bleu et blanc.

24 — CHAFFAGIOLO. Grand plat rond offrant au centre les armes d'un évêque, entouré d'un dessin à feuillages et à chainettes ; marli à bossage avec fleurettes ; bordure à écailles de poisson. xvie siècle.

25 — GUBBIO. Coupe sur piédouche offrant sur l'ombilic un médaillon à figures d'enfant, et sur le bord en relief et à bossage des pommes de pin entrecoupées de boules ; décor à reflets métalliques en rouge rubis, jaune d'or et bleu. xvie siècle.

26 — URBINO. Plat rond offrant au centre en creux une figurine d'amour ; marli fond d'or ; bordure fond bleu à trophée guerrier ; décor à reflets métalliques. xvie siècle.

27 — PESARO. Plat rond, décor à reflets métalliques

rouge rubis et or, avec médaillon au centre au chiffre A, sur un carrelage en flammes. XVIe siècle.

28 — CHAFFAGIOLO. Coupe sur piédouche offrant au centre des animaux dans un paysage ; bordure fond jaune à dessin très délicat d'arabesques et d'ornements. XVIe siècle.

29 — FAENZA. Petit plat rond à fond gros bleu, décor raphaélesque en bleu clair et blanc avec figure de guerrier au centre, et banderole à inscription. XVIe siècle.

30 — URBINO. Coupe sur piédouche représentant la Cène, avec monogramme dans le bas, attribuée à Orazio Fontana.

31 — FAENZA. Plat creux au centre à armoirie avec monogramme G A ; bordure fond bleu, dessin raphaélesque en jaune et vert, oiseaux, mascarons et arabesques. Cadre en bois sculpté, partie doré.

32 — CASTELLI. Plat rond représentant, au centre, les armées romaines écoutant les ordres de César ; bordure à trophées guerriers. XVIIe siècle.

33 — URBINO. Grand plat représentant une scène de

l'histoire ancienne. Composition de nombreuses figures. XVIe siècle. Cadre en bois noir à filets d'or.

34 — HISPANO-ARABE. Grand et beau plat à ombilic, décor à reflets métalliques, petit dessin et palmes. XVIe siècle.

FAIENCES FRANÇAISES

35 — NEVERS. Deux bouteilles, décor fond bleu à oiseaux, fleurs et branchages en sopra bianco jaune et ocre.

36 — BERNARD PALISSY (Suite de). Coupe sur piédouche représentant Persée et Andromède, composition de nombreuses figures.

37 — BERNARD PALISSY (Suite de). Plat ovale à bords dentelés, dessin à godrons entrecoupés de chainettes.

38 — BERNARD PALISSY (Suite de). Plat ovale dit à salières, entrecoupées de cornes d'abondance.

39 — ORLÉANS. Plaque, décor en relief représentant le Jugement de Salomon.

ARGENTERIE, PORCELAINES

BIJOUX

40 — Paire de belles girandoles Louis XVI en argent repoussé et ciselé à quatre lumières, décor à jetées de fleurs et têtes de béliers.

41 — Bénitier en argent Louis XVI, décor figures de la Vierge et guirlandes de fleurs au repoussé.

42 — Deux aiguières en ancienne porcelaine de Sèvres, pâte tendre, décor à bandes vertes rehaussées d'or et bandes blanches à bouquets de fleurs, époque Louis XVI ; montures en bronze doré du temps de la Restauration.

43 — Pot à crème et sucrier en vieux Sèvres, pâte tendre, décor à bouquets de fleurs.

44 — Sucrier en vieux Sèvres, pâte tendre, décor à bouquets de fleurs.

45 — Jardinière en argent. Louis XVI.

46 — Paire de boucles en cailloux du Rhin, montées en argent. Louis XVI.

47 — Croix normande en or et ancienne.

48 — Garniture de commode : six poignées et trois
entrées de serrure en bronze marquées du C
couronné, attribué à Caffiéri.

49 — Petit plateau en argent repoussé.

50 — Bracelet en or à chaînettes.

51 — Carnet de bal en écaille.

52 — Éventail Louis XVI représentant un sujet allé-
gorique dans un parc; monture en nacre rehaussée d'or.

53 — Truelle à poisson en argent avec manche en
ivoire.

OBJETS D'AMEUBLEMENT

54 — Très beau meuble à deux corps en bois sculpté.
Le bas, plus développé que le haut, s'ouvre à deux
portes offrant, en bas-relief, des femmes avec
draperies couronnées de fleurs se détachant sur
des cariatides de sphinx adossées. Les montants
représentent des cariatides d'hommes et de
femmes sur gaines enguirlandées de fleurs. Le
corps supérieur s'ouvre également à deux portes
offrant, en haut-relief, des figures de guerriers

debout se détachant sous des arceaux avec perspectives architecturales. Les montants sont formés de cariatides d'hommes à longue barbe et de femmes portant des corbeilles de fruits, posant sur gaines et tenant dans leurs mains des serpents. Les côtés présentent des ornements : rinceaux et rosaces. Travail français. École lyonnaise du xvi° siècle.

55-56 — Deux très beaux meubles-crédences en bois sculpté, s'ouvrant à deux portes offrant en bas-relief, sur la façade et sur les côtés, ainsi qu'au fond du piétement, des dessins raphaélesques de la Renaissance.

57 — Très belle stalle en bois sculpté avec dais à voussure, dessin ogival fleuronné, fronton, montants et accotoirs avec figures de rois, de fous et dragons. Fond du dossier d'aspect architectural gothique, avec figure d'ange tenant un blason fleurdelisé. Le bas orné de personnages sous des arceaux.

58 — Grande glace biscautée avec beau cadre à ornements et volutes enroulées et fronton en bois sculpté et doré. Style Louis XIV.

59 — Jolie petite commode à tiroirs renfermée dans un meuble de poupée à deux battants en marqueterie de bois. Style Louis XVI.

60 à 62 — Quatre coussins en soierie brochée garnis de franges et de passementeries.

63 — Deux candélabres à sept lumières, en bronze doré, ornés de bas-reliefs d'après Clodion. Style Louis XVI.

64 — Colonne en marbre vert serpentin d'Italie.

65 — Cartel en bronze doré, à figure de Chinois et rocailles Louis XV, d'après Leprince.

66 — Coupe en marbre gris d'Orient, montée en bronze doré.

67 — Deux petites commodes en marqueterie de bois, dessus en marbre. Style Louis XVI.

68 — Grand coffre de mariage, recouvert d'ornements en fer découpé. xviie siècle.

69 — Coffre-banquette en bois sculpté, de la Renaissance.

70 — Deux colonnes monumentales cannelées, fond blanc et or. Louis XVI.

71 — Deux bustes en faïence italienne : Faune et Bacchante.

72 — Grand vase en grès. xvi° siècle.

73 — Meuble d'entredeux en marqueterie de bois de luxe, orné de bronzes dorés ; dessus en marbre brocatelle. Style Louis XV.

74 — Grande et belle console en bois sculpté et doré. Louis XIV. Dessus en marbre.

75 — Ameublement de salon style Louis XVI, en noyer sculpté rehaussé d'or par partie, en velours rouge, composé de deux petits canapés, un fauteuil et six chaises.

76 — Pendule avec socle d'applique en marqueterie de cuivre sur écaille de l'Inde, ornée de bronzes. Époque Louis XIV.

77 — Table rectangulaire en bois sculpté, supportée par quatre colonnettes cannelées et reliées par des traverses. xvi° siècle.

78 — Coupe en bronze avec bas-relief : le Laocoon.

79 — Plat en émail cloisonné du Japon.

80 — Grand plat en porcelaine du Japon, décor : marine et ornements en polychrome et or.

81 — Deux potiches avec couvercles, de Delft, décor bleu.

82 —. Armoire normande à deux portes en bois sculpté, dessin à trophées champêtres et bouquets de fleurs. Louis XV.

83 — Groupe de Bracony : l'Amour aux yeux bandés.

84 — Trois paires de rideaux en drap bleu, avec bandes en drap noir, accompagnées de lambrequins, d'embrasses assortis.

85 — Deux portières analogues.

86 — Meuble en noyer sculpté, formant vitrine dans le haut et le bas, fermant à portes pleines. Époque Louis XV.

87 — Deux colonnes en noyer sculpté, avec chapiteaux en bois doré. Style Louis XVI.

88 — Pendule en bronze doré, représentant le Serment des trois Horaces. Époque Empire.

89 — Coupe avec couvercle en bronze niellé. Style oriental.

90 — Coffret en bois avec poignée en bronze.

91 — Jardinière forme cygne, en pâte tendre de Tournai. Grandeur nature.

92 — Grande potiche en ancienne porcelaine de Chine, décor bleu et or.

93 — Deux flambeaux en bronze. XVIᵉ siècle.

94 — Boite en fer.

95 — Bureau en vieux chêne sculpté.

96 — Six chaises en chêne sculpté.

97 — Lit de milieu en acajou orné de filets et de cannelures de cuivre. Style Louis XVI.

98 — Table de nuit à étagères, avec colonnettes en acajou, garnie de cuivre; dessus en marbre. Style Louis XVI.

99 — Canapé forme anglaise et deux fauteuils couverts en velours de lin vieux vert, avec bandes et écoinçons en broderie métallique.

100 — Bureau plat en acajou garni de cuivre. Époque Louis XVI.

TABLEAUX

MAAS
(NICOLAS)

101 — *Beau portrait de femme en robe noire,
coiffe blanche et collerette tuyautée.*

OSTADE
(VAN)

102 — *Intérieur de tabagie.*

Composition de nombreuses figures.

ÉCOLE ITALIENNE

103 —. *Les Apôtres et les Saintes Femmes au pied
de la croix.*

Volet de triptyque.

CONDAMY

104-105 — *Chasses à courre.*

Deux aquarelles.

ÉCOLE MODERNE

106 — *Ruines et monuments.*

ÉCOLE MODERNE

107 — *Paysage animé de figures.*

TAPISSERIES

108 à 111 — Suite de trois magnifiques tapisseries de
Bruxelles, tissées en haute lisse et en soie, du
commencement du xviie siècle, représentant des
scènes de l'histoire de la reine de Saba et du roi
Salomon. Compositions importantes de nom-
breux personnages en riches costumes au milieu
de villes, avec vues de palais en perspective,
paysages accidentés et s'étendant à l'infini.
Bordures offrant au bandeau des cartouches à
paysages, des corbeilles de fruits et des guirlandes de fleurs ; sur les côtés, des enfants debout
chargés de fruits posés sur des fûts de colonnes ;
au-dessus, des coquilles et des chutes de fruits ;
dans le bas, des cartouches avec des tritons ailés
et des guirlandes de fleurs.

La première : *la Présentation de la reine de*

Saba au roi Salomon. — Haut., 3 mètres; larg.,
5 m. 40 cent.

La seconde : *L'Offrande de présents au roi.*
— Haut., 3 mètres; larg., 3 mètres.

La troisième : *la Reine de Saba suivie de ses
dames d'honneur.* — Haut., 3 mètres; larg.,
3 m. 25 cent.

112 — Tapisserie verdure avec animaux. xvie siècle.

113 — Dessus de cheminée en tapisserie au point.
Époque Louis XIII.

114-115 — Deux grandes et belles tapisseries de
Bruxelles du xviie siècle, représentant des scènes
historiques, compositions de nombreuses figures
et cavaliers d'après les cartons de *Rubens.* Bordures d'aspect architectural offrant, au bandeau,
des cartouches, des corbeilles et des guirlandes
de fruits; sur les côtés, des figures d'enfants,
des écussons et des fruits.

Première : Haut., 3 m. 30 cent.; long., 5 m.

Deuxième : Haut., 3 m. 30 cent.; long., 3 m.
10 cent.

ÉTOFFES, DENTELLES

116 — Dessus de piano en soie brochée, fond loutre. Louis XIV.

117 — Morceau d'ancien velours de Gênes.

118 — Dessus de lit en guipure au filé du temps de Louis XIII.

119 — Six lés de soie verte brochée à dessin rocaille. Époque Louis XV.

120 — Petite coupe de point d'Alençon, 30 cent.

121 — Guipure de Venise ancienne, 4 mètres.

122 — Point de Milan ancien, 4 m. 25 cent.

123 — Bordure à guipure ancienne, 5 mètres.

124 — Objets non catalogués.